AU

R. P. BARRÉ

OBLAT DE MARIE

A TALENCE.

Prix : 1 franc.

SE VEND AU PROFIT DES PAUVRES.

BORDEAUX

IMPRIMERIE RAGOT, 11, RUE DE LA BOURSE.

Avril 1857.

AU

R. P. BARRÉ

OBLAT DE MARIE

A TALENCE.

I

Non, le bonheur n'est pas dans les faux bruits du monde ;
Que sont les vains fracas des fêtes, des plaisirs ?
La vie est une coupe où le fiel surabonde
Et chaque volupté recèle des soupirs !
Oh ! combien est heureux l'homme de la prière
Qui vécut et qui meurt en confessant la foi,
Dont les yeux n'ont jamais repoussé la lumière
Et qui ne fut jamais infidèle à la loi.
Pour lui tout est bonheur ; il voit tout lui sourire ;
Il respire en tous lieux le doux parfum des fleurs ;
L'air est plus embaumé ; l'haleine du zéphire
Apporte à tous ses sens de plus douces senteurs.

C.

A ses chastes plaisirs rien ne peut le distraire ;
Il goûte le bonheur à chacun de ses pas ;
Il ne se plaint jamais que la vie est amère
Et s'endort, souriant, du sommeil du trépas !

Sans doute, c'est ainsi que s'écoule la vie
Dans la retraite austère où votre cœur pieux
Élève, dédaigneux des faux biens qu'on envie,
Ses aspirations chaque jour vers les cieux !
Là, Dieu seul est aimé ; là, sa toute-puissance
Du bonheur des élus fait luire les rayons ;
Là, tout respire paix, sainteté, conscience,
Loin du monde, du bruit et des déceptions !

Apôtre de la foi, c'est Dieu qui vous inspire,
Dieu qui dans votre cœur a placé la bonté,
Dieu qui vous a donné ce céleste sourire
Ineffable rayon de votre pureté !
Ne lui devez-vous pas cette voix éloquente
Qui vient, — arrachant l'âme à sa sombre torpeur, —
Embrâser de ses feux la foule indifférente
Et nous pénétrer tous de l'amour du Sauveur ?
C'est lui qui vous donna cette douce parole
Qui sème de rubis l'oasis du saint lieu,
Et ce cœur convaincu qui pleure et qui console
Le malheureux courbé sous le souffle de Dieu !

Oh ! soyez donc béni pour tant d'efforts sublimes,
Tant de bien accompli par vos sermons pieux,
Nobles effusions, où des cœurs magnanimes
Ont retrouvé la foi qui s'éteignait en eux !
Où chacun, — admirant votre âme évangélique, —
Priait, le front courbé sous le poids des remords,

Pendant que, butinant votre herbier poétique,
Vous répandiez sur nous vos plus riches trésors !

Vous êtes orateur et vous êtes poète ;
Plus que nous dont l'esprit est triste et bourrelé,
Vous avez dans votre âme une fibre secrète
Pour consoler le cœur par le doute accablé !

II

C'était un jour d'été. — Promenant sous l'ombrage
Où vous errez souvent, — pensif et sérieux,
Je m'arrêtai rêveur et le front tout en nage
Pour écouter, ravi, des sons harmonieux.
Le ciel était d'azur ; et le soleil splendide
Tamisait ses rayons dans les arbres en fleurs ;
Le sable grésillait sous mon pas peu rapide :
Que j'étais loin du monde et des sottes clameurs !
Il faisait chaud ; la brise arrivait attiédie
A mon cœur attristé par ces concerts joyeux ;
Je me sentais ému ; — l'atmosphère alourdie
Exhalait des parfums qui remontaient aux cieux.
Et je disais tout bas : « C'est dans cette retraite
« Où mûrissent pour Dieu les plus riches moissons,
« Que vit, — insoucieux du monde qui le fête, —
« Un prêtre que le ciel a comblé de ses dons.
« Il vit là, retiré, dans une paix profonde,
« Tout à Dieu par le cœur, tout à Dieu par la foi,
« Semant partout le bien dans sa course féconde,
« Adorant le Seigneur et soumis à sa loi ! »

J'en étais là ; — Votre ombre apparut dans l'allée ;
Vous marchiez lentement à côté des ormeaux ;
La brise soupirait au fond de la vallée ;
Dans les arbres touffus gazouillaient les oiseaux.
Vous deviez aller voir votre famille aimée, (')
Les lieux jadis témoins de vos amusements,
Vos parents, vos amis, la nature embaumée
Où s'étaient écoulés jadis vos jeunes ans.
Votre cœur était plein d'une douce allégresse,
Mille songes riants vous montaient au cerveau ;
Et votre âme nageait dans ces flots de tendresse
Qui transportent un homme en un monde nouveau !

Et l'église était là, — toute fraîche et parée, —
Invitant à prier le touriste rêveur ;
Et montrant, — gracieuse et toujours admirée, —
Sa façade élégante à l'œil du voyageur.
Vous partîtes ; j'entrai : tout au fond de l'église.
Quelques chaises ; — plus loin des confessionnaux,
Près desquels une dame était encore assise
Dans une humble attitude et dans un doux repos.
Dans un coin, à l'écart, un vieillard en prière ;
Sur les murs, des tableaux qui sont du meilleur choix.
Une chaire au milieu d'où jaillit la lumière
Quand le prêtre inspiré fait entendre sa voix.
Dans la nef, — en entrant, — des bénitiers de marbre,
Que supportent les bras de deux anges rosés,
Se détachant du mur comme du tronc d'un arbre
Pour soutenir le poids des deux vases creusés.
Tout autour du saint temple une riche sculpture
Retraçant les douleurs du chemin de la Croix.
Des candélabres d'or, admirable parure,
Etalant leurs rameaux près d'une stalle en bois.

C'était tout. — Dans mon cœur nul vestige de doute ;
Mon âme découvrait des horizons nouveaux ;
Et lorsque l'omnibus apparut sur la route,
Le soleil de ses feux éteignait les flambeaux !

III

On vous a vu, depuis, sur un lointain rivage, ([2])
Intrépide orateur de la religion,
A qui le ciel donna l'éloquence en partage,
Ainsi qu'un laboureur creuser votre sillon !
La foule, — à vos accents, — se pressait étonnée
Dans le temple de Dieu qu'ébranlait votre foi,
Lorsque vous rameniez plus d'une âme obstinée
Dans le giron sauveur de sa divine loi.
Car c'est ainsi : le doute, à votre voix s'envole ;
La lumière se fait dans l'esprit attendri ;
Et le pécheur, — qu'il soit sérieux ou frivole,
Rejette le limon dont son cœur est pétri.
L'âme se passionne et vole dans l'espace ;
Notre esprit se repait d'un bonheur inconnu ;
Que nous font les ennuis de ce monde où tout passe ?
La matière est bien morte et le corps est vaincu !
Qu'on est heureux ainsi ! Rien n'obscurcit la page
Du présent qui sourit à l'avenir doré ;
Et l'on voit chaque jour, ineffable présage,
Tous ses vœux exaucés par un maître adoré !
L'enfant revient docile au père qui pardonne ;
Le riche ouvre son âme à la tendre pitié ;
Et, — devenu meilleur, — il prodigue l'aumône

À l'indigent qu'hier il aurait oublié.
Humain et charitable, il secourt l'infortune ;
Il a pour tous les maux des consolations ;
Heureux du bien qu'il fait, il sème sa fortune
Au vent de la misère et des déceptions !
Sur tous les malheureux, il répand ses largesses ,
Il prodigue à l'envi ses plus riches trésors,
Sèche les yeux en pleurs, soulage les détresses,
Tend la main au vieillard, console les remords !
A l'enfant qui ne sait où reposer sa tête,
A l'inconnu qui n'a ni pain, ni toit, ni lieu,
Il sourit de bonheur, et, — tout joyeux, — s'apprête
Par l'amour du prochain, à plaire encore à Dieu !

Et voilà bien les fruits de vos efforts sublimes !
Voilà bien les hauts faits de votre apostolat !
Voilà bien les succès moraux et légitimes
Vaillamment remportés au poste du combat !
Ces hauts faits-là du moins ne coûtent pas de larmes ;
Ce sont les fruits divins d'un esprit convaincu
Glorifiant ce Dieu, — qui n'opposait aux armes
De l'incrédulité — que son sang répandu !

IV

En vérité, le monde est une étrange chose !
La nuit succède au jour et le jour à la nuit.
Le même effet toujours n'a pas la même cause.
A quoi bon tous ces cris ? A quoi bon tout ce bruit ?
L'homme, impuissant jouet, — dont le front se déride

Au contact des plaisirs et des frivolités,
Erre, — ignorant rêveur, — dans le monde, — grand vide,
Où fourmille l'essaim des sottes vanités !
Son esprit inquiet se repaît de chimères ;
Il sème à tous les vents ses folles passions,
Raille intrépidement les humaines misères
Et se livre aux tourments de ses ambitions !
L'argent est tout pour lui ; c'est pour lui qu'il respire ;
Son cœur est le foyer de la cupidité ;
L'égoïsme en son âme a placé son empire ;
Il n'adore que l'or et le luxe effronté !

Le froid du scepticisme a gangrené les âmes,
L'esprit du mal nourrit des venins destructeurs ;
La vertu n'est qu'un mot que nous laissons aux femmes,
Seul l'égoïsme règne en maître sur les cœurs !
Et l'homme, indifférent de l'un à l'autre pôle,
Ballotté par les flots mouvants des passions, —
Se livre follement, — sans voiles, sans boussole,
Au vertige insensé de ses ambitions !
Voyageurs inquiets, — égarés sur la route, —
Nous marchons lentement vers le froid du trépas,
L'esprit enveloppé des nuages du doute
Et sans étoile au ciel pour diriger nos pas !
De l'esquif de la vie abandonnant les rames,
Nous voguons follement sur la mer en courroux,
Ne croyant plus à rien, — sans souci de nos âmes, —
Nous disant ESPRITS FORTS et n'étant que des FOUS !

Et pourtant, que la vie est heureuse et paisible,
Lorsque la foi rayonne et scintille au foyer !
Et quel homme pourrait se montrer insensible
Aux bontés de ce Dieu qu'il apprit à prier ?...

Qui pourrait oublier les beaux jours de l'enfance,
Les innocentes joies, les saints ravissements
Que nos cœurs, tout naïfs, tout remplis d'espérance,
Eprouvaient à l'envi dès nos plus jeunes ans ?
Le matin, — au réveil, — quand l'aurore vermeille
Ouvrait ses yeux d'azur sur le monde endormi,
Notre mère, à genoux, priait comme la veille,
Auprès de ses enfants, souriant à demi.
Plus tard, dans le jardin et dans la grande allée,
On sautait, on courait, on folâtrait gaiment.
En entrant, l'avenue était toute sablée
Et des peupliers verts se balançaient au vent.
Leurs panaches flottants ondoyaient à la brise,
Mille concerts joyeux s'entendaient dans le ciel ;
Et quand, — l'hiver venu, — soufflait enfin la bise,
On dansait sur la neige et sous l'œil maternel !
Le soir, chacun rentrait au logis ; — et le père
Auprès de l'âtre en feu se mettait à genoux,
Pour prier en commun la Vierge, — sainte mère ! —
De nous donner la joie et le bonheur à tous !

C'était bien l'heureux temps ! — Les heures souriantes
Trop vite s'écoulaient au gré de nos désirs.
L'aubépine exhalait ses senteurs enivrantes ;
Enfant, on se livrait à d'enfantins plaisirs !
Bonheur évanoui ! souvenirs pleins de charmes !
Regards rétrospectifs jetés sur un passé
Où le moindre rayon séchait toutes les larmes,
Où le plus vif chagrin était vite effacé !
Que de douleurs depuis ont germé dans la vie !
Que d'écueils, ô mon Dieu! rencontrés sous nos pas !
La gaîté du matin, le soir nous est ravie ;
Et le berceau de l'homme est si près du trépas !

Le sol où nous marchons est recouvert d'épines ;
Ce sont partout des pleurs et des adversités ;
Et nos pieds, en foulant l'humble fleur des collines,
Rencontrent les cailloux et les aspérités.
La foi qui nous guidait dans notre route ardue
A déserté nos cœurs remplis d'un fol orgueil ;
Nous élevons vers Dieu notre main étendue,
Mais l'esprit est souffrant et la nature en deuil.
Il nous faudrait à l'âme une ardente croyance
Pour conquérir le ciel de toute éternité,
Et nous avons perdu même la conscience
Dans le dédale obscur de l'incrédulité !

C'est Dieu qui nous punit de notre indifférence.
Mortels ! courbons nos fronts devant le châtiment !
Implorons du Très-Haut la divine clémence ;
Qu'il soit notre refuge au suprême moment !

V

Depuis longtemps le monde est tremblant sur sa base ;
Tout meurt ; l'atmosphère est en feu ;
Des nobles sentiments on a fait table rase ;
L'homme ne tombe plus de nos jours en extase
Devant la majesté de Dieu !

Respect, autorité, déférence suprême,
L'égoïsme a soufflé sur tout ;
Tout marche vers sa fin ; le péril est extrême,
Et la mort, dispersant au loin ce que l'on aime,
Hélas ! ne laisse rien debout.

Bientôt disparaîtra ce culte de famille,
    Flamme brillante du foyer,
Qui fait que nos enfants, quand le bois vert pétille,
Viennent puiser parfois, dans l'âtre qui babille,
    L'humilité qui fait prier !

Tout s'en va, tout s'éteint ; le vent du scepticisme
    A détruit la foi parmi nous ;
L'homme ne croit à rien ; il est tout égoïsme,
Et, parmi les chrétiens, combien que l'athéisme
    A marqués d'un souffle jaloux !

Nous vivons dans un temps où l'homme sans croyance,
    Fatal jouet des éléments,
Devient le corrupteur de la sainte innocence,
Et sème le venin de son indifférence
    Dans le cœur même des enfants !

Mais le prêtre est debout ; pour la foi qui chancelle,
    Il combattra jusqu'à la mort.
Écoutons, recueillis, sa voix qui nous appelle
Pour ramener à Dieu la brebis infidèle,
    Qui déjà s'éloignait du port !

Car la lumière enfin a lui dans la nuit sombre ;
    La foule encombre le saint lieu ;
Et l'athée, à genoux, vient augmenter le nombre
De ces croyants pieux qui vont semant dans l'ombre
    Le bon grain qui nous vient de Dieu !

Ah ! qu'il est beau de voir la foule recueillie
    Se presser autour de l'autel,
Ecouter humblement une sainte homélie
Et puiser, à la source où l'orgueil s'humilie,
    La vérité qui vient du ciel !

C'est le jour du bonheur ; une douce allégresse
     A pénétré nos cœurs émus ,
Nous nous sentons meilleurs ; comme un fardeau qu'on laisse,
Nous avons, — dépouillant notre vieille tristesse, —
     Relevé nos yeux abattus !

Seigneur ! voyez nos cœurs ! Seigneur, voyez nos larmes !
     Pitié ! nous avons tant souffert ! ..
Venez à nous, mon Dieu ! consolez nos alarmes !
Soldats vaincus par vous, nous déposons les armes ;
     L'incrédulité, c'est l'enfer !!!

Et vous, prédicateur, dont la voix convaincue
     Sema le bon grain parmi nous,
Soyez béni de Dieu ; — car dans la route ardue,
Vous nous avez, — montrant le ciel à l'âme émue, — (⁵)
     Enfin fait fléchir les genoux !

VI

O prêtres, poursuivez votre mission sainte,
Ranimez cette foi que l'on croyait éteinte,
     Et qui sommeillait dans les cœurs !
L'avenir est chargé des plus sombres nuages ;
Écartez de nos fronts de sinistres présages ;
     Soyez les forts et doux vainqueurs !

Dirigez notre esquif sur cette mer du monde,
Qui cache tant d'écueils dans sa plaine profonde,

Abîme insondable et trompeur,
Où chaque homme, à son tour, s'abreuve à l'onde amère,
Où le fils reste froid à l'appel de sa mère
Lui montrant un phare sauveur !

O prêtres, — le voilà, — battu par la tourmente,
Au gré de la tempête et de l'onde écumante,
Se déchirant contre l'écueil, —
Ce monde vaniteux, qui dans vos sanctuaires
Reste impassible et froid devant les saints mystères,
Et se voile en signe de deuil !

Voyez-le !.... C'est bien lui ce monde qui défaille,
Ce monde de plaisir et de luxe, où l'on raille
Notre sainte religïon ;
Où chaque jour voit poindre une nouvelle fête,
Où le calme souvent précède la tempête,
Où tout nous est déception !!!

Prêtres, donnons la main à l'orphelin qui prie ;
Secourons l'infortune, — en invoquant Marie ;
Protégeons les pauvres en pleurs :
Il fait froid à leurs cœurs ! il fait froid à leurs âmes !
Seigneur ! réchauffez-les de vos divines flammes !
Consolez-les dans leurs douleurs !

Ils souffrent, ils ont faim. — Soulageons leur détresse ;
Prodiguons-leur les soins d'une vive tendresse ;
Soyons-leur un solide appui !
Préservons-les du froid ! préservons-les du gouffre !
On est si malheureux quand on pleure et qu'on souffre !
Marchons vers eux !.... Dieu nous conduit....

Ils doutent ? — Ils ont besoin de vos voix qu'ils implorent
Pour consoler leurs cœurs que les soucis dévorent
    Et que la foi peut ranimer ;
Car, — ô déshérités des dons de la fortune,
Que l'opulence froisse et le luxe importune, —
    Le prêtre est là pour vous aimer !

Ils ont froid ? — Réchauffons ce vieillard qui tressaille,
Rallumons ce foyer où brûle un peu de paille,
    Semons l'espoir et les bienfaits ;
Vous souffriez ? vous pleuriez ? Eh ! qu'importent vos larmes ?
Vous avez ici-bas, pour calmer vos alarmes,
    La voix du ministre de paix !

Ils ont faim ? — Donnons-leur le pain de l'existence !
Dans ces cœurs attristés ranimons l'espérance ;
    L'homme s'amuse d'un hochet ;
Et, pour prier son Dieu, pour conjurer l'orage,
Pour semer à torrents la lumière du sage,
    Le sacerdoce est toujours prêt !

VII

Que votre rôle est beau ! Que votre tâche est sainte !
    Apôtre de la charité !
Vous dont le cœur ému comprend l'horrible étreinte
    De l'implacable pauvreté !

Vous semez à torrents la lumière féconde
    De l'espérance et du pardon ;
D'amour, de charité, votre âme surabonde ;
    De sa bonté Dieu vous fit don !

Soyez notre soutien et notre appui dans l'ombre,
    Protégez-nous auprès de Dieu ;
La route où nous marchons est ténébreuse et sombre ;
    Priez pour nous dans le saint lieu !

Et si, parfois, votre âme, impuissante et brisée,
    Faiblit sans force et sans secours,
En voyant que du bien la source est épuisée
    Et que le mal poursuit son cours ;

Eh bien ! consolez-vous ; votre douce éloquence
    A fait tant de bien parmi nous,
Que de si beaux succès sont votre récompense
    Et que l'avenir est à vous ! (

Bordeaux, 10 Avril 1857.

NOTES.

(1) Il me semble que le **P.** Barré devait aller à cette époque passer quelques jours dans sa famille. Je ne l'affirme pas, cependant. Il est possible que ma mémoire me serve mal, mais, après tout, l'erreur serait excusable et ce n'est pas l'excellent oblat de Marie qui pourrait m'en vouloir pour cela.

(2) Allusion aux prédications du P. Barré à Nantes, où il a été suivi et goûté par l'élite de la population, comme il l'est, d'ailleurs, partout.

(5) *Ardue, convaincue, émue*, bien que ne formant pas des rimes riches, peuvent néanmoins rimer ensemble, ainsi que l'explique Richelet dans son excellent dictionnaire. Si la prose du P. Barré est presque toujours une poésie harmonieuse, ma poésie, *à moi*, est de la prose ; et on ne m'en voudra pas trop d'exprimer prosaïquement ma sincère admiration pour le talent et le caractère d'un jeune prédicateur qui n'a contre lui que la faiblesse de son organe.

(4) Quelques personnes trouveront mes éloges exagérés. Que m'importe ! On ne pourra du moins incriminer ma bonne intention. Et puis, parmi les personnes qui s'évertueront à critiquer ma pauvre bluette, qui n'est, après tout, je le reconnais, que de la *prose rimée*, combien qui seraient fort embarrassées pour composer en quinze jours un alexandrin ! La manie de la critique a pris de nos jours des proportions effrayantes ; chacun veut trancher et juger en dernier ressort, et la plupart de ces grands juges ont juste autant d'imagination que des crétins du val d'Aoste. Heureusement, si je suis soumis à la critique, les prédicateurs le sont encore plus que moi. Le premier pédagogue venu se pose aujourd'hui en professeur d'éloquence sacrée, déclare que tel sermon lui a paru faible en tel endroit, que tel autre a laissé beaucoup à désirer ; que celui-ci était trop profond, que celui-là était trop poétique ; et si tous ces grands spadassins de la critique étaient obligés d'occuper une heure la chaire, on les verrait le plus souvent ne savoir quoi dire et se montrer tout aussi habiles pour faire un sermon que pour composer des stances ! Pauvres critiques ! allez, on connaît la mesure de votre talent, et les prédicateurs ont le bon esprit de se défier de vos jugements soi-disant impartiaux....
Nous avons entendu à Bordeaux et dans bon nombre d'autres villes, des personnes prétendre sérieusement que Jasmin, l'illustre poëte agenais, est un imbécille. — Heureusement, c'est un imbécille que Sainte-Beuve, Lamartine et une foule de niais de cette trempe prennent pour un homme d'esprit... Et voilà bien les critiques......

BORDEAUX — IMPRIMERIE RAGOT, RUE DE LA BOURSE, 11.